텅 비었니
　　가득 찼니

텅 비었니
　　　가득 찼니

하갑문 시집

문학나무

겨울동안
무엇을 쓰고 싶었을까

누가 왔나
살며시 내다보다
봄비에 들키고 말았다

파란 부리
쫑알 쫑알

이른 바람에
비비추 여린 순
기지개를 켠다

2022년 봄을 기다리며
하갑문

차례

2부
관계의 저울

1부
여명

해바라기

허블 망원경으로 태양을 보면
일만 킬로미터나 치솟는 스피큘*을 볼 수 있다

그 거대한 용광로의 쇳물을 녹이기 위해
고흐는 덧칠을 하고 또 하였다

눈 코 입이 하나로 뭉그러졌다

수시로 불어닥쳐 너의 들판도 너의 지붕도
날려버린다는 태양풍
회오리치는 흑점이 뚝뚝 무쇠의 눈물을 흘린다

나의 질량은
너의 부재를 삼키지 못하고

거실 귀퉁이에 꽂혀 타오르는
불 바라*꽃

*스피큘:태양 표면에 걸쳐있는 직경 수백 마일의 제트기체.
*바라:놋쇠로 만든 타악기.

비의 유희

비가 내린다

보푸라기 폴폴 일어나고
유리창은 곤두서고
새떼 몰려들고
먼 소식들은 들썩이고

나는 과녁이 아니에요
해바라기 손을 젓는다

아스팔트 긴 화폭에 담긴 흰개미들의 군무
은유들은 구름 속에서 퍼덕이고
아이들의 웃음소리는 파문처럼 자지러지고
구슬로 꿰어지기도 전에
제 무덤을 파는 직유들

그리움은 일제히 일어서고
박수는 무대 밖으로 사라지고
강물은 아무 일도 없었다는 듯

비에 젖는다

바람

텅 비었니
가득 찼니

나는 물었습니다
그는 바람을 봅니다

온통 세상은 잿빛 언덕
꽃 한 송이 밀려날 데 없습니다

알고 보면 우리는 바람의 자식
소멸은 또 하나의 완성입니다

치솟고 뒹굴다가
빈자리 하나 만들어 놓고
바람은 달려갑니다

떠난 자리에
동그마니
그의 대답이 남아있습니다

맥문동

들풀 속에 드러누운
깨어진 기왓장
제 목소리 다 지우고
문헌 속으로 들어간
인동 문동 애구 양구 복루 수지…

자투리 땅
버려지고 그늘진 어디에서도
푸르고
푸르다가

한여름 축제 때
세필 촛대 끝에서 보랏빛으로 타오르다가
가을 허공에 날갯죽지를 펴보다가

긴 겨울 눈 속에
써놓은 난蘭의 푸른 문장이다가
혼자 남은 절개다

지하철 공모 시

충무로 4호선 스크린도어에서
홀로 밤을 새웠을 시 생각을 한다

괜히 보냈나
태어났으니 세상이 맵더라도
단맛 쓴맛 다 보면서
담금질이 되어야
제 밥이라도 챙겨먹을 거라 생각하다가

자식 시집보내고 군대 가던 날처럼
빈방에 우두커니 서서
아이들 서랍을 뒤적거리다가

처음 낯선 사람 앞에 선 시가 대견스럽다가
발가벗고 서서
유리처럼 찬 시선을 견디기나 할까 하다가

이건 어른이 되는 통과의례
겨우 내딛는 첫걸음이라 하다가

이런 부끄러움이라도 종종 있었으면 하는

오만가지 생각이 오락가락 섞이는 동안
시가 내게 다가와
처음 서 본
시의 무대가 너무 투명해서 떨리지만
괜찮아요 한다

얼마짜리니

출렁하는 순간
그물에 기쁨이 들어앉았습니다

사라지지 않을까
깨뜨리지 않을까
조심스러운 손님입니다

긴 시간을 주지 않는
맛보기처럼

매 순간 숨을 구멍을 찾는
여우처럼

빤짝 보여주고 떠나려는
그의 옆모습 같습니다

행복아
너는 어디서 사니
이런 건 얼마짜리니
얼마나 오래 쓰니

몽당연필

미미들 지나
여린 햇살이 쏟아져 내리는
마을-마을 사잇길
산 아래로 돌아

꿈에서도 달려오는 고향 옛길

새 뚝방길은 돌아앉고
덤불가시는 제 땅이라 버티고
왕거미는 대궐을 지어놓았다

표석 같은 바위, 경바구
나 아직 여기서 그대로 살고 있어!
우거진 풀숲에서
불쑥불쑥 튀어나오는 유년의 시간들

왜 이 길이 끊어졌어요?
모두 낯선 얼굴들뿐
자폐증을 앓고 있는 폐도廢道
끝내 입을 열지 않는다

감자를 심어놓고

기다리던 싹에 파란 독이 올라 있을 텐데
슬쩍 붙여보는 흰 바둑돌

풀의 뚝심은 어쩌고
멧돼지는 또 어쩌고
수를 내다본 검은 돌의 빠른 응수

같이 가자고도 못하는 흰 돌
돌을 던지고
혼자 노래하며 시골로 간다

하얀 꽃은 보랏빛 물이 드네
조롱조롱 흰 감자알 달리네

파장 조갯살처럼 졸고 있는 씨감자를 보고
왜 늦었는지 말 못하고
서둘러 까치발로 도망가는 잡초 다잡아 뽑고
곱게 이랑 지어
짓무른 씨눈을 깨워

꾹꾹 눌러 심는다

제초제를 흠뻑 뿌려놓고
허리 펴고 돌아서는 등 뒤로
잡초는 씨가 따로 있느냐며 따라오는 원성
들은 체도 못하고

구월, 연지동의 벚꽃

매미가 울고 갔다
눅눅한 땅속에 알을 슬어놓고 갔다
마지막 자장가를 불러주었을 것이다

매미*가 울고 갔다
400킬로미터가 넘는 눈알을 부라리고
초속 60미터의 소리로

방파제에서 파도와 노닐던 삼발이
동네어귀까지 밀려와 두리번거리는 인터넷 사진이
공깃돌처럼 굴러다녔다
삼발이는 매미 알이라고 우겼을 것이다

이파리가 뜯기어 맨살이 드러난 벚나무
민망해서
때 아닌 꽃잎이라도 피워 가려보고 싶었을까
새로 태어나고 싶어서
온몸을 심하게 흔들어 보았을까

매미*가 울고 지나간 연지동에도
수천 매미들이 웅성웅성 모여 잎을 피우고
벚꽃은 구월에 다시 피고

*매미(Maemi)는 2003.9.6~9.12 한반도를 강타하고 지나간 태풍 이름. 이 태풍
으로 벚나무 잎이 떨어지고 새 잎이 나고 꽃이 다시 피었다.

한끼역

아침 일찍 병원에서 채혈하고
집으로 돌아가는 전철 속

이번 역은 한끼역입니다
낯선 역 이름

저녁 한 끼 굶은 한티역이다

쪼르륵 배 시계의 알람이 울리고
다음 역은 설렁(탕)역입니다

빈 공기 한 줌이 어두운 식도를 지나자
눈에 익은 선릉역

곧 위에 도착할 것이다
한 끼가 기다리는

한 사람의 독자

내 시에 밑줄을 그으며
읽어줄 사람이 있을까 하다가
하나, 둘, 넷, 백, 천이 되는
세포분열의 꿈을 꾸는데

밤새 나를 지켜보는 벽시계
끌끌 혀를 차며
글은 아무나 쓰는 거니
시인은 다 타고나는 거야
따박따박 시비를 건다

내일이면 잔뼈까지 낱낱이 해체될
시 한편을 움켜쥐고
그래 잘 썼어!
더 손볼 게 없어! 그 한 마디를 떠올리며
희끗희끗 새는 밤을
혼자 움켜쥐고 있다

내 시계

마음이 급해지면
째깍 째깍 돌아가고
느긋해지면
또박 또박 세며 가는
내 마음의 벽시계

방을 비울 때에는 부질없이 시간을 꺾어내고
잠을 자는 동안에는 쉴 줄을 모른다

발을 묶어두고 문 밖에 내놓아도
멈추지 못하는 삶의 숨소리

눈을 뜨기 전에 먼저 하루가 시작되고
눈을 감아도 하루가 멈추지 않는

오늘도 저벅 저벅 혼자 가는
궁글어진 내 마음의 시계

전단지 화법

건물 모퉁이를 도는데 불쑥 내미는 전단지에 나를 끼워
드려요, 다 줄듯 진한 웃음에 그만 덥석 받고 말았다

오피스텔 분양 광고지, 사방을 둘러보아도 말끔한 거리,
손에 꾸겨 쥐고 정류장 의자 먼지를 털고, 해 가리개도
하고, 더위에 부채질도 하다가 차 기다리는 시간에 펴서
꼼꼼히 읽는다

이 전단지 한 장으로 구깃구깃한 생이 네모반듯하게 주름
을 펴게 된다는
과장법과 긍정이 미래완료형으로 부유하는 전단지의 화법

잠시 밑졌다는 계산에 꾸겨서 버릴 뻔했던 전단지
'세상에 공짜는 없다'는 공허한 말이
현재완료형으로 내 손에 꼬옥 쥐어졌다

오타와 오독 그리고

바람이라고 키를 쳤는데 사람이 나타났다
앞을 보는 모습이
달려가는 성질이 서로 닮아있었다

감자라고 써놓은 글자가 감사로 읽힌 날
겉모양으로 문맥이 따뜻해지고
감사가 둥글어보였다

연인이 인연으로 그리움이 그림자로
느껴질 때가 있다

오타와 오독의 철자처럼 만나는
낯선 우연이
삶에 더 정답인지도 모른다

두리번 두리번

늘 걷던 길
늘 손에 닿던 물건
늘 곁에 있던 사람

어디로 갔을까

한 여름을 같이 보낸
나뭇잎 하나
공기의 저항을 그리며
낙하한다

어디로 가는 걸까

2부

관계의 저울

응시 1

잠자리 한 마리
하늘을 끌고 다니다

가지 끝에 내려와
마른 가지를 한 치나 키웠다

헬리콥터 한 대
소리를 끌고 사라진다

마음 하나
따라가다 길을 잃는다

살아있다는 것은

이런 날개짓 하나
가끔 길을 잃는 것

어깨

전철 옆자리에 큰 어깨가 앉았다
차가 흔들릴 때마다
내 어깨는 작아졌다

몇 정거장을 지나 어깨가 내리고
작은 어깨가 앉았다

차가 흔들릴수록
내 어깨도 큰 어깨가 되었다

몇 정거장을 지나는 사이
내 어깨가 작아지기도
커지기도 하면서

어깨에 든 바람이 슬그머니 빠지고
완고하던 무릎도 다소곳해지고
눈가에 봄기운이 퍼지기 시작했다

짝

무채색 양말을 꾸러미로 사 놓고
목이 늘어지게 신고
구멍이 나면 버리고
성한 것 끼리 짝을 맞추어 신었다

마지막 남은 두 쪽 중
한 쪽이 구멍이 나서
성한 한 쪽과 짝을 지어 버렸다

한 짝으로 산다는 것은
성한 한 쪽이
구멍 난 쪽의 반이 되는 일

가끔은 짝이라도 바뀌었으면 했던 머리
짝인 줄도 모르고 살아온 두 발을 본다

발가락이 양말구멍으로 삐져나와
얼굴이 빨개지던 날이 떠올랐다

몰랐다

내가 딛고 선 바닥 아래에
누가 산다는 것을

내가 서 있는 머리 위에도
누가 있다는 것을

나의 바닥이
누구의 천정이 되고

누구의 바닥이
나의 천정인 것을

불 켜진 뒷동 아파트가 가지런히 웃을 때
불 꺼진 창으로 어둠이 하나둘 번져갈 때

알았다

내 삶의 바닥이 너의 천정이고
너의 바닥이 내 삶의 천정인 것을

천정과 바닥이 한 몸인 것을

향기의 거리

거실에 있는 쟈스민꽃
며칠 사이에
보라색 꽃자리에 흰 꽃이 달려있다
새 꽃이 피었나 살펴니
계분 냄새를 확 쏟아냈다

꽃도 늙어요
향이 진하지 않으면 나비가 먼 길을 찾아오겠어요
늘 옆에 있어도 꽃인 줄 모르는데
향기는 어떻게 알고요
점잖은 꽃의 소리에 눈과 코는 뒷걸음을 친다

문득, 내게도 한 점 무뚝뚝한 향이라도 있을까
잘못 희석된 칵테일의 쓴 맛이라도 날까

회색의 꽃에는 회색의 향기가 있을까
꽃의 시간을 되짚어 보고
향기의 거리를 흔들어 본다

편견

2층 맛사지집 개가 열린 창틈으로 목을 내밀고
맞은 편 1층 식당을 내려다보며 컹컹 짖어댄다

부근을 지나던 할머니, 개가 글을 아는 가벼 혼잣말을
하니 같이 가던 할아버지 글은 무슨 글, 지 냄새를 맡은
거지 한다

식당 안에는 구수한 냄새로 빈자리가 없고 누런 벽에는
영양탕 아래 삼계탕 염소탕 메뉴가 작은 글씨로 붙어있다

섭생이라면 마음이라도 가벼워질 수 있을까
닭 염소는 왜 되는데
약육강식 먹이사슬까지 생각이 뻗어 가는데

뭐 드실꺼냐 는 주인의 큰 주문 소리에
아무거나, 빠른 것 하고 말았다

관계의 저울

겨우 눈인사를 나누게 된
신입 회원이 그동안 고마웠다는 한마디 단톡에 남기고
살며시 떠납니다

갓 심어놓은 묘목의 하얀 새 뿌리
자리를 잡다 말고 뽑혀집니다

누가 그 빈자리를 채워도
한동안은 숫자일 뿐
떠남이 만남보다 질량이 크다고
저울이 기울어집니다

수피樹皮처럼 시간을 덧댄 관계들이
빈 마음을 꾹꾹 눌러
저울추는 다시 수평으로 돌아옵니다

시를 쓰는 마음은
비단 씨줄 날줄로 엮이는 관계의 결인가 봅니다
미풍에도 하늘거립니다

배려는

출근 길 옆 좌석에서
한 끼 빵을 급하게 먹고 있을 때
손거울로 눈 화장을 할 때
5도쯤 비켜 서주는 시선이다

차선을 바꾸려고 다가오는 노란 신호에
살짝 브레이크를 밟아주는 몇 미터의 거리이고
여닫이문을 밀고 나가면서
문고리를 잡아주는 몇 초의 시간이다

우산이 없어 비를 맞는 사람 옆에 가서
함께 비를 맞아주고
그늘이 없는 사람의 작은 그늘이 되어주는
한 움큼의 마음이고
잠시의 멈춤이다

인자

그에겐 벌어진 큰 입만 있다

휴지 껌딱지 빈 깡통을 쑤셔 넣어도
가래침을 뱉어도
툭툭 차는 취객의 발길질에도
눈 한 번 흘기지 않는

오장육부를 다 비워둔 채
말이 없다
밤이 깊어 전광판이 꺼지고
휘청거리는 발걸음이 말을 걸어와도
외로움은 나누지 않는다

눈이 온다
비가 온다
애당초 예약된 건 없었으므로
오감을 다 내어준다

쓰레기의 마지막 길에

예를 갖추어
관棺이 되어주는 거리의
인자仁者
혹은 인자忍者

물의 길에는

돌부리도 솟아있고
늪도 있고
샛강도 있네

갈 길이 멀어도
샛강은 자꾸 사람의 일을 받아 적고
늪은 쉬어가라 하네

우듬지 황지*에 손을 담그고
낙동강 천오백 리 길을 오십 넌이나 걸어서 가네
만나기 위해
바다로 가네

어느 하구에서 찬란히 지는 노을을 만나게 될까
오래 전 떠내려간 신발 한 짝
아직도 눈 내린 갈대밭 어귀에 떠 있을까

물은 거슬러 돌아갈 수 없어
바다에 이르기까지

길을 묻고 길을 내면서 길을 가네

*황지:태백시 황지동에 있는 낙동강의 시원인 못.

손님으로 왔다가

— 마광수* 선생

홀로된 사슴 한 마리
아득한 지평을 본다
사방에 무리는 보이지 않는다
무리가 떠난 것인지
스스로 무리를 벗어난 것인지
율법이라는 올무
풀밭 꽃밭의 경계가 없는
초식의 눈망울
한 치만 비켜섰더라면
본능의 위선을 벗기지 않았더라면
뭇매질은 둘러갈 수 있었을까
야한 것을 좋아한다고 쓰지 말아야하는
과거에 멈춰선 시간과
한발 앞질러 간 시간의 오차 속으로 떨어진 유성
잊혀 진 시간은 홀로 흘러갔고
'더러운 세상 잘 떠났다'는 말 유언이 되었어도
자유분방이시여
당신의 나라로 돌아가시어

높이 멀리 거침없이 날으시라

*마광수:1951. 4. 14 서울에서 태어났고 『즐거운 사라』의 외설 논란으로 구속, 해직, 복직 등을 겪다가 2017. 9. 5에 자살로 생을 마감하였다.

낮술

산수유 망울 터질 무렵이면
짚을 수도 없게 여기 저기 가렴증이 도진다
심장이나 횡경막
대뇌의 주름 사이를 어찌 긁겠어
환장하는 거지

알음알음 봄을 타는 자들이 몰려들어
막 문을 연 전통주점 문을 벌컥 열어젖히며
둘러앉아 하는 얘기라곤
봄 타는 얘기뿐

먼 데로 가고
먼 데서 오는 사람들을 맞느라 바쁜
산수유정류장
구석에 눅눅히 쌓여 있다가
인생 하나씩의 엉덩이를 받쳐주는 방석만 말이 없다

불콰해진 얼굴에 새로 돋는 가렴증이
심장이나 횡경막

대뇌의 마른 늪에서 꼬물거리던 가렴증을 포맷하는

가는 것도 오는 것도
낮술에 걸려 서성대는
바람 부는 봄날

상선上善*의 이면

속으로 소용돌이를 칠 일이 있어도
화 내지 않고
수면은 늘 잔잔하다

좁은 길목에서 솟아오르고
절벽에서 머뭇거리지 않는 폭포의 담력을 지니고도
앞서지도 다투지도 않는다

멈추는 곳마다 함께 하려는 수평의 마음
높이를 모르는 겸손

그와 오래 살아도 그 깊이를 알 수 없고
그와 함께 걸어도 그 넓이를 잴 수 없다
그의 평상심은 무엇일까

선재길 따라 동해로 흘러가는
오대천 맑은 물은 돌아보지도 않고
아래로 아래로 간다

*도덕경 제8장 上善若水에서 .

아남카라*

태초에 빛과 어둠을 나누고
남자의 갈비로 그 짝을 지어 주었던
기획은 참 좋았더라

하나였던 흙에서
갈라져 나온 땅들이 쌍으로 마주보는
억겁이 찰나였더라

아남카라
기획이고 신화이고
전설인

우리는 하나의 흙
몸이 나눠져 있을 뿐
다시 억겁이 지난다 해도
너와 나의 영혼은 하나

*아남카라: 아이랜드에서 유럽의 인디언이라 불리는 켈트인들의 고대어로 원래 같은
흙이었다는 기억을 가지고 있는 사람을 의미함(존 오도 나휴의 『영혼의 동반자』에서).

이웃 정

엘리베이터를 탔다
누가 이사 가나? 혼잣말에
함께 탔던 낯선 아주머니 902호가 이사가요 한다
딸 둘 있는 집? 키 큰 새댁?
우리 딸이예요
어디로요?
큰길 건너 아파트라던데
고개를 갸웃하던 아주머니 9층에서 내리고
나는 10층에서 내렸다

십년도 넘게 한 층 위 아래로 살며
엘리베이터 안에서 만나면
눈인사 나누고
아이들이 꾸뻑 인사하면 공부 열심히 해요 하던 그 집

잘 가라는 인사 끝내 나누지 못했다
그 집 아이들 그 새댁은 다시는 못 볼 것이다

익명의 도시에서

십년의 무게가 한동안 궁금해져도
늘 그랬듯이
새로 이사를 오고 그 빈칸을 채우고
곧 씻은 듯 잊혀지는 도시의 정

탑이 되고 나서

쌈지공원에 묵묵히 서 있던 돌
누가 머리에 돌을 얹어
탑이 되었다

탑이 된 뒤부터
표정을 짓고
바람이 스쳐도 새가 날아와도
안달이 났다

아득한 풍화의 시간
안으로 새긴 돌의 이야기를
지우고

더 높아지고 싶어
코를 세우고 모자를 쓰고
속을 비웠다

표정을 가진 뒤부터
날이 흐리면 따라 슬퍼지고
비가 오면 눈물이 흘렀다

차 한 잔 하실래요

향기 나는 꽃이 있어
향기가 거기에 있어

성문을 열어라
살구꽃 햇살 쏟아지는 삼동 마을로
내려가 살자

조심스러운 걸음
빙벽을 돌아 나오는 노오란 뇌성
그럴리가 없다

오늘도 버스는 서지 않고 지나갔지만
아니 올 리 없다
내일은 환하게 버스에서 뛰어내릴 것이다

봄이 되어 얼음이 녹기 시작하면
나를 사랑해서
봄바람처럼 달려와 내게 안길 것이다

지나간 것은 봄이 아니다
아직 봄이 이른 것이다
막힌 길, 우회로를 찾느라
좀 늦을 뿐이다

* '나와 나타샤와 흰 당나귀' 풍으로.

가는 봄

난폭한 바람도 없고
짓궂은 비도 내리지 않는 날
목련꽃이 지고 있다

무연無緣한 시간 한 자락에
교향곡의 지휘봉처럼
선율을 그리며 지고 있다

비바람에 지는 안타까움 보다
황망히 봄의 자리를 내주는
꽃의 순종이 더 아리다

내 또래

갱신된 신용카드를 배달하러온 택배 할아버지
내 신분증을 확인하다가
푹 눌러쓴 모자를 들고 흘끔 쳐다본다
나 보다 한 살 위, 형이시네요

눈빛을 맞추며
서로 활짝 웃는다

팔십까지는 이 일을 할 겁니다
백 살까지도 하시겠어요
그래도 십년쯤은 놀아야지요
맞장구를 친다

돌아서는 택배 동생의 꿋꿋한 뒷모습을 보며
스멀스멀 살아오느라
잠시 잊고 지냈던 접혀진 내 나이를
거울 앞에 서서 쭉 펴본다

코스모스

망사치마 입은
여름을 돌아보고 있다

돌개바람에 휘어지다
떼 지어 달리고
스스로 가눌 수 없어 아우성치는
저 모습
일찍이 본 적이 없는
낯선 얼굴이다

빈 말에도 고개 끄덕여 주고
돌아설 때에도 흔들어 주던 하얀 손
가는 맥박소리
열여덟 단발머리는 어디로 갔을까

길섶에서 형편대로 피어
대책 없이 하늘하늘 웃고 사는
기다리다 목이 가늘어진
가을의 여인

지금은 돌아갈 수 없는
가을의 꽃

대역

밤을 찍어내는 시계 소리가 겨우 들리기 시작한 것은
공기청정기의 봇물 터지는 소리가 그치고
천식기 있는 가습기도 멈춘 뒤였다

빈들에는 늘 바람에 휘둘리는
숲이 없는 듯 서 있었다

등 넓은 아버지 뒤로
키 큰 형이 떠나고
잇몸이 시리기 시작하였다

겹겹의 나무가 숲이 되어 바람을 막고 있다는 것을
바람이 불지 않는 날에는
알지 못했다

어느 사이
가습기보다 청정기보다 커진 시계 소리가
밤을 힘차게 쳐내고 있었다

응시 2

야생화 마른 가지 끝에서 조는
고추잠자리의 오후 두 시

토막열차 하나
터널을 빠져나와 간이역을 깨우고 지나간다

바라보는 곳은
지평선 너머

열차는 한나절에 닿지 못할 한 생을 끌고
달려가고

철로 위에는
가쁜 숨소리 잘게 뿌려지고

야생화 가지 끝에는 청량고추 하나
빨갛게 익는 중이다

문외門外

내가 아는 건
어깨너머로 들은 사투리 한 조각
꼬리가 치켜 올라가는 낯선 억양 한 마디
봄 안개 같은 웃음 하나
고작 남도 어디가 고향일거라는
짐작 하나

내가 할 수 있는 건
화톳불이 재가 되도록
사투리 한 조각을 힘겹게 붙들고
멀리서 본 여린 웃음 하나에 온 기대를 걸고
담 밖에서
한 치의 사이도 더는 줄이지 못하는
봄 안개 하나 지우는 일

그러나
그러나
안개는 담벼락처럼 딱딱하고
이리저리 몰리며 영화 스크린처럼

오솔길을 걷는 두 사람의 뒷 모습

한 낮의 꿈

여전히 나는 외부인

데려오지 못한 일상

이사 가면서 헌 가구들과 함께
쓰레기장에 내 놓고 간 꽃 화분

가구는 수집상을 따라
먼저 떠나고
처음으로 낯선 밤을 새웠다

어제까지 어르고 달래고
귀염 받던 파란 잎
혼자서 종일 나풀거린다

아파트로 이사 오면서 내놓고 온
때 묻은 세간들
데려오지 못한 일상들

버리고 간 주인을 얼마나 기다렸을까
저 잎처럼
몇 밤을 파랗게 나풀거렸을

가을 나들이

살쾡이도 살았다는 고요수목원
산다람쥐 똘망똘망 사람 구경하고

이 골짝 저 골짝에서 내려온
산국들은 아직 수줍기만 하다

물그림자에 떠 있는 정자
흰 여인의 손에 들린 비파 소리

이승보다 긴 다음 생을 살 나무 집
목수의 땀이 배어있는 솔향

여 점원이 뿌려주는 아로마 웃음 한 다발
주머니를 턴다

하산 길 손잡은 부부의 걸음 앞으로
낙엽이 서걱서걱 굴러가고

억새 한 무리가 다 알고 있다는 듯
허연 머리 끄떡이며 손 흔들어준다

이쯤에서

모르는 게 더 많은
흔들리고 싶은
이쯤에서
활짝 꽃 피우지 말고

잠시 눈부시게 피었다가
지고 나서
오래 훌쩍이지 말고

별의 거리에서
따뜻한 손 한번 잡지 못하여도

달의 거리에서
점 하나 건드리지 못하여도

아직은 눈빛의 체온이 남아있어 다행인
애매한 관계 이대로

먼 훗날

활짝 꽃 피우지 못하여
옹이 하나
깊게 박혀있을지라도
이쯤에서

칡과 등나무

나는 왼쪽으로
너는 오른쪽으로
나는 끌어안고 너는 밀어내고

서로 감고 서로 안았으니
포옹일까
질투일까

내 앞다리와 네 뒷다리가
서로 버티어 온전한 한 벌이 되었으니
사랑일까
운명일까

각자의 촉수가 앞서거니 뒤서거니 하는
이인삼각의 엇박자
삶의 에너지일까

둘이 꼬여서 하나로 단단해지는
연리지

뜨거운 사랑의 증오

그 말귀 알아듣는데 50년이나 걸렸다

아프지 마래이~

멀쩡한 젊은 사람을 보고
왜 저런 말씀을 하실까

이가 시린 날
다치지 마라가 되고

마음이 아픈 날
힘 내어라가 되었다가
상처받지 말아라가 되는

저 말

나도 문 밖을 나서는 아이에게
그 말을 하고 있었다

늘 조심 해라이~

가을 연주회

가을 들녘은 텅 빈 오선지

높은음자리표 하나 그리려고
하늘은 새파랗게 달아났다

참새 몇 마리
이삭을 뒤지는 소리

흰 와이셔츠를 펄럭이는 허수아비의
옷자락 소리

벌판 저 끝에 칠지도 한 자루
찬란했던 미루나무 금빛 가지를 흔드는 소리

참새 떼가 몰려왔다
흩어지는 하늘가

한 사람 세상 끝에 서서
가을 노래를 듣는다

줄

개미가 떼 지어 간다
점 점이 줄이 되고 길을 내고
하늘로 오르고
줄은 세상이 된다

줄은 닿는 곳마다 알을 슨다
탯줄, 금줄, 새끼줄, 동아줄, 씨줄 날줄, 두레박줄, 가방줄,
외줄, 오랏줄, 고래심줄, 지연 학연 부모 권력의 줄
줄은 힘이 되고

터미널에도, 은행에도, 병원에도, 장례식장 화장터에도
비집고 자리를 트는
선착순이 줄의 법이 되고

엉키고 끊어지고 편을 가르고 잘못 서 망하기도 하고
똥줄이 되어 타기도 하고, 줄줄이 오리알이 되기도 하는
줄은 어느새 삶의 동맥이 되어 있었다

밤새 시 한 줄이 되지 못한 낱말들 휴지통에 줄을 서고

허리를 감고 목을 안고 입 맞추며 자주색 노래 감아 부르는
나팔꽃 줄기도 줄을 탄다

새치기도 불평도 번호표에게 자리를 내주고 스스로 묶고
매달리고 엮이다가 풀어져 내리는 삶의 무늬

리모콘으로 TV를 끄자
화면이 줄로 점으로 돌아가고
한 점에서 줄의 세상도 사라진다

4부
길의 메아리

바이칼 1
— 물의 제국

항가이*에서 솟구치는 옹달샘일 때 알았을까 광막한 잎
맥을 타고 흐르다 어디선가 다시 만날 수 있으리라 예감
했을까

물의 길은 별꽃 낭자한 초지에 농무처럼 머물다 좁은
강폭을 만나 헝클어지고 길을 찾느라 갈라서고 길을 내
느라 휘어 돌았다

마른 햇빛과 거친 바람에 절여진 수천 리 길을 따라와
비로소 세워진 물의 제국, 정화수보다 차가워지려고 이천
오백만 년을 뜨겁게 깨어 있었구나

숱한 제국들이 천 년도 못되어 돌무덤으로 사라져도 물의
제국은 앙가라를 지나 북쪽 카라(Kara)해까지 수만 리
물의 길을 홀로 걷는다

*항가이:몽골에 있는 산맥 이름, 바이칼의 시원이 있다고 함.

바이칼 2

— 울란바토르에서 이르쿠츠크까지

출발하면서 열차는 심장 뛰는 소리를 감싸 안았습니다
나와 한 호흡이 되었습니다 플랫폼은 플랫폼이 그리워
줄곧 뒤따라왔습니다 철로는 앞서 달렸습니다 차창으로
자작나무숲이 휘몰아쳤습니다 바이칼이 들락거렸습니
다 어머니의 숨소리는 고르고 건강했습니다 드디어 나
는 자궁으로 돌아왔습니다

향일암

아침바다를 찢고 솟아오르는 붉은 힘
그리도 보고 싶어
만근의 돌메 천 길의 절벽 보지 않고
벼랑 끝에 섰을까

큰 스님 좌선대에 모여드는 금빛 소망들
식을 줄 모르고
바위에 묻힌 어미 부르는 거북 아이들
난간마다 목을 빼고 있는데

어느 바람에 날려 온 동백씨 하나
천년의 바위틈을 비집고 아름드리 커서
뭇 꽃 다 진 겨울에
한 목숨을 꺾어 산화공양을 드리네

한 사랑이 얼마나 뜨거웠으면
온 바다가 불붙어 타오르고
사랑을 향한 마음 돌이 되었을까

시베리아 횡단

해가 뜨는 동쪽 끝
떠나기 위해 모여든 발길들의 도시 블라디보스토크
마음이 먼저 불을 밝힌다

우수리강에 첫 발을 내딛는데
비가 추적추적 내리고
선열의 만세소리 삼킨 아무르강의 붉은 물은
유람선 선창을 마구 때린다

시차가 세 번이나 바뀌어도
말이 없는 국경 수만 리 초원
철길을 따라 손 흔드는 꽃무리들의 수화는
흩어진 어느 민족의 애환일까

북반구의 밤하늘에 떠 있는 별들
달그락 달그락 철 바퀴의 고운 자장가에 졸다가
쉬엄쉬엄 질러대는 외로운 철마의 하품에 눈을 뜬다

철길로 엮어놓은 동토의 황금 첨탑은

옛 영화 속 제국의 위용
자작나무 하얀 다리와 소녀의 해맑은 웃음이
나그네의 발길을 막아선다

해가 지는 서쪽 끝
바다로 두 손을 뻗은 겨울왕국 상트페테르부르크
일만 키로를 달려온 철마는 여독을 풀고
아득한 시간을 푸른 배낭에 채워 묶는다

테렐지에서

풀 이름 같은
들꽃 이름 같은
테렐지

까만 어둠에 에워싸인 60촉 전구
동그란 게르 안에는
원주민 가족이 전통 손님맞이를 한다고
처음 만난 이방인과 나란히 누워 코를 곤다

종일 관광객이 탄 말고삐를 놓고 돌아온
주인 여자의 거친 숨소리
츄우~츄 츄우~츄*
꿈에서도 달리고

주인과 함께 하루의 노역을 마치고 돌아온
말의 투레질 소리
히이~잉 히이~잉
게르 주위를 돌며 밤이슬 맞은 풀을 뜯는다

게르의 얇은 천 하나 벽으로 두고
사람과 말을 이승과 저승처럼 갈라놓았지만
야성의 두 숨소리는 화음으로 밤을 샌다

밤하늘에 흩뿌려놓은 쌀가루 별 속에서
내 작은 별은 졸고
난로 위 수태차는 혼자 투레질을 한다

*우리말의 '이랴 이랴'와 같은 몽골어.

다산 초당에서

백련사 오르는 2월 동백 숲길
갓 차려입은 녹의에 반쯤 가린 빨간 눈
앞을 막아서며
대뜸 나를 사랑했느냐고 묻는다

대웅전 옆 젊은 홍매 한 그루
구강포가 던지는 자글자글한 추파에 속내 감추지 못하고
어찌나 깔깔거리던지
부처님도 쫑긋 귀를 세우고

초당으로 넘어가는 잔설 고갯길
산죽과 야생차들의 소소한 이야기 다 들어주고

능선에 솟은 나목의 가지 사이로
하얀 아랫배를 틀면서 빠져나가는 강진만 뱃길
넋 놓고 보느라
일행은 저만치 가고

초당 앞뜰 다조*에 귀 기울이니

솔방울 타는 냄새 찻물 끓는 소리 들리는데
마침 날아오는 흰 눈발이
다산의 초상 앞으로 나아가 꾸벅꾸벅 절하네

보이는 것은 말 없는 초목뿐인데
땅 하늘에 서린 한의 생을
반나절 발길이 무엇을 말하리요

*다조:초당 앞마당에 있는 다산이 차를 끓였다는 차 부뚜막 돌.

통영 기행

중앙시장 햇살이 아지매 회칼에 썰리는 한낮
동피랑 담쟁이 노릇하게 웃고

남망공원 장송 끝에 걸린 파란 하늘
옥빛 바다에 발 담글 때

강구안 지키던 거북선 밤일 끝낸 고깃배 따라 꾸벅꾸벅
졸고 판뎃목 바람은 동백의 눈을 비비네

다도해 먼저 보겠다는 급한 마음들
미륵산 정수리를 마구 밟아도
대머리 부처님은 그저 웃기만 하고

영도의 답장 기다리던 푸른 돌계단 너머
김약국 마을은 산복도로에 드러눕고
갯가 모래밭에서 팔베개 하고 자장가처럼 듣던 그 파도
소리 갈매기소리 그리워 부른 노래 먼저 돌아와 있네

그 바다 그 물결 그 바람

출렁이던 통영 밤바다 불빛

그대로인데

금이 난이는 언제쯤 돌아올까

하조대의 하루

겨울 파도는 모래톱을 썰어
새 물길을 만들고

수평선 너머로 돌아 촛대 바위에
숨을 쉬는 갈매기
고개를 빳빳이 세운 저 주장은 무엇일까

한 시대의 공명은 바위만 알뿐
눈여겨보는 발길 드문데
포말은 말없이 절벽에 깨어지네

늘어났다 기울어지고
솟구쳤다 사라지는 수평선의 푸른 고무줄놀이
망연히 취해 있는데

한 무리의 낙조落照가 하루를 끝냈다고
설악을 넘어간다고
내 소매에 붉은 울음을 토하네

오늘 아침 그 일출이
하조대의 하루를 넘기고 있네

가학산 하룻밤
— 만구, 철응, 용근, 문갑

깃대봉 감도는 푸른 운기雲氣
해남 영광 들 두르고 남아
한 나절 머무는 산정리 마을

고향에 돌아온 친구의 누나 은빛 머리
보름달빛도 외등도 대문 밖에서 멈추네

가곡 누런 들에 흰 이슬무리 빤짝이고
가을벌레들 자욱한 노래 그치지 않네

달빛 아래 둘러앉은 장독들의
발효 소리
먼 나라 간 어머니 곤한 잠 깨겠네

뚝딱뚝딱 쏭덩쏭덩
입심 좋은 누나의 손놀림 몇 번에
부침개는 동그래지고 노릇해지고
고운 막걸리 잔이 잘 익은 달빛에 출렁이네

친구야 웬 초저녁잠이 그리 깊은가
부침개 식기 전에
어서 일어나게

요족, 웨이 동메이*

극중 역으로 손 마주잡은 동메이와
합환주 따라주며 맞절하고
치맛끈 풀어보는 꿈속 꿈이네

닫힌 듯 열린 미소
지구 어디에서 와 잠시 만나는 인연
소나기처럼 지나가는 뒷모습에
꽹과리 울리며
마음 달래는 달맞이꽃이네

용승의 맑은 물 멈추지 못하고 흘러가고
다락 밭을 오르내리는 채운은
바람에 흔들리는 아낙의 살가운 마음

서로 손잡고 웃는 한순간이 삶이고
오직 너를 향하는 한마음이 사랑이네

한번 웃고는 흩어지는 구름아
어디서 다시 만나리

가슴 깊이 남은
고운 음색 깊은 울림의 낭랑한 노래
꿈엔들 다시 들어 보리

*웨이 동메이:중국 계림 용승 소수민족 요족의 전통혼례 단막극 중의 배우.

긴 여행 끝에

어느 여행 중에
서로 마주 보고 키득거리는 할미꽃
엉금엉금 기어가는 호박꽃
흐드러지게 핀 꽃밭 꿈을 꾸었어

장미 숲에 들어설 땐 눈이 시렸고
백합은 물러서서 보았고
제비꽃은 들여다볼수록 자꾸 커져갔어
민들레 패랭이꽃
나를 꿇어앉히곤 수줍어했지

고슴도치 같은 얼음꽃 하나
차가운 가시에 찔릴까
가까이 다가서지도 못했는데

지는 꽃을 보지 말라는 말
기어이 보고서야
얼음꽃이 꽁꽁 얼어야 하는 이유도 알게 되었지

여행이 끝나갈 무렵
제 색깔이나 제 향기 하나 드러내지 못해서 속으로 피는
열꽃도 있다는 걸 알았지
여행이 한 조각 꿈인 것도 꿈을 깨면서 알았지

미리 가 본 종점

졸음에 내릴 곳을 지나버린 노선버스
혼자서 잘도 달린다
이왕 돌아가야 할 길
짐짓 못 내린 게 아니라고 궁금해서 가보는 거라고 마음
다독이며 종점까지 간다
낯선 정류장이 안내될 때마다
귀와 눈은 커지고

종점에 닿은 버스는 손님을 부리고 새 대열에 줄을 서고
목장갑을 벗어 던지는 기사
공중 화장실에 가볍게 털고 나오는 사람들
타고 온 자리에 눌러앉아있던 나는
배차원의 말에 먼저 간다는 버스로 옮겨 탄다

출발을 기다리는 동안
배낭 메고 보따리 양손에 든 할머니가 옆자리에 앉는다
힘들게 어딜 다녀오시느냐고 물으려는데
이 차 출발하는 차 맞느냐고 묻는다

잘못 짐이 배달된 듯
자의반 타의반 도착한 버스종점
미리 가볼 수 없다는 생의 종점이 어떤 모습인지
사전 답습이라도 해 보듯
눈을 감는다
잠시의 졸음이 만들어 낸 단막극이다

소낙비의 전언

한 떼의 복더위를 피해 오른 대룡산 기슭
갑자기 불어닥친 먹구름이 바람을 안고 뒹굴더니
흰 빗방울을 쏟아낸다

낡은 초막 안으로 뛰어드는
젖은 몸에게
더운 마음이 먼저 말을 건다

건너 하늘 백양 한 쌍이
비에 젖어있기를 바라는 마음을
넌지시 내려다보고

더운 마음을 때리는 빗방울
개암나무 가지에서 비를 긋는 척 곁눈질하는 산새 몇 마리

눈여겨보던 먹구름이 비를 몰고 능선을 넘어가자
백양이 다가와 말을 건다
깨고 싶지 않았지?

젖은 옷이 썰렁썰렁 마르는 소리에
꿈은 깨어지고 소낙비의 말은 잊고 말았다

탈린 항

천년의 이야기를 머금고 있는 돌담에
비가 내린다
고성古城은 아득한 섬

옛 의상을 입은 거리의 사람들
지워진 중세를 더듬거리고

진흙 속에서 잠자던 나무의 뼈
다시 잎을 피우고

먼 이야기는
내 이야기가 된다

천의 이야기에 내 이야기 하나 더 얹어놓고
멀어지는 나그네
하얀 시트 속에 남겨진 온기가 애잔하다

이국의 흐린 비속에 떠나는 페리호의 긴 울음이
탈린 항의 손을 놓지 않는다

알쏭달쏭

울란바토르에서 길을 묻다가 만난
친정에 다니러 왔다는 서울 산다는 새댁

지나가는 말로
서울생활이 어떠하냐는 물음에
알콩달쏭해요
다 그런 것 아니에요? 한다

한 마디로 삶이 알록달록하다는 걸까
알콩달콩을 잘못 알아들은 것일까

한참이나 몽롱하게 떠있는 비눗방울
머릿속은 더 알쏭달쏭해지고

처음에는 알콩달콩하다가
알쏭달쏭해진다는 삶의 혜안일까

흐미*처럼
알쏭달쏭의 긴 여운

*흐미:저음 고음이 동시에 울려나오는 몽골의 전통 노랫소리 .

5부

시소의 무게

몽돌 생각

옛 부엌 한 구석에 할머니도 물려받았다는
몽돌 하나가 있었다

반은 냇가에서
반은 부엌에 와서 둥글어진
매운 마늘이 갈리고
참깨가 고소해지는
이것저것 닥치는 대로 하느라
닳고 닳아진

엄마처럼
낯선 집으로 와서
더 단단해 지고
더 작아진

추석이 되니
먼 추억이 추석 상에 가득 오른다
누렇던 몽돌이 반질반질해져서
맨 먼저 얼굴을 내미는

명함 소고

1

오래된 명함첩에서
90×50 규격으로 박제된
인격을 만난다

첫 인사는 늘 온화했고
헤어지는 일이 구름 같았던 인연들
바람이었을까
먼 나라의 별이었을까
물처럼 어느 바다에서 다시 만날 수 있을까

2

옛 명함이 기념우표처럼 남아 있는데
맞잡은 손을 놓지 않고 힘주어 흔드는
친구의 산 명함을 받고
이름과 전화번호뿐인 문패명함을 새겼다

수줍음이 많아
안주머니 속에서 꼼지락거리기만 하는

바깥출입을 어려워하는 백수명함
여백의 미 하나 누구보다 출중하다

시소의 무게

할아버지가 여기 하고
가까운 전철 승강장 안전선 앞에 줄을 선다

뒤따르던 할머니 본체도 않고
두 손을 휘젓고 저쪽으로 나아가 선다

짐을 든 할아버지
아무 말 없이 할머니 뒤에 선다

당찬 할머니의 걸음과 무거운 할아버지의 걸음
그 사이에는
여기와 저기만큼의 거리로
당차고 무거웠던 시간도 뒤섞였을 것이다

긴 막대기의 한 끝자락에서
말이 없는
담담한 시간의 걸음

하늘을 날아오르는

무거운 듯 가벼운 무게의 시소

가장家長

가로변 아침
은행나무 가지에 낯선 기척이 다가섰다

고가사다리차
전동 기계톱 소리

대책도 없는 철거
어느 나라 법이냐고 소리소리 지르다가
이 겨울이라도 나게 해달라고
꾸벅꾸벅 절하는 가장

이불 한 채 베개 두 개
나무젓가락 놓인 아침 밥상도
우듬지와 함께 뒤집히고
몇 번이나 세상 밖으로 솟구치다
살 집을 찾아 떠나는 까치

이 도시에는 빈집도
전세 월세도 남아있지 않은데

제 식솔을 지키려고
고가사다리차에 올라 한겨울을 톱질하는 까치도
어느 집 가장이다

가정식 백반

점심때 부담 없이 찾던 형제식당
며칠 뒤 문 닫고 커피집이 들어선다

누런 메뉴판 앞자리에 놓인
가정식 백반
흰밥과 시래기국, 된장찌개, 김치, 콩나물, 시금치, 고
등어 한 토막, 멸치볶음

변한 건
IMF 때 오천 원으로 내렸다가 육천 원으로 다시 오른
가격뿐

천 원짜리 몇 장으로 당당하게 배를 채운다
10전 동전 두 개로 어버이 생일밥상을 차린 거지 딸처럼*

허리 꼬부라진 주인 아주머니
그동안 고마웠다고 팥죽을 내놓는다

이 식당이 간판을 내리고 나면

천 원짜리 몇 장으로
햄버거집에 줄을 서야 하나
김밥 한 줄로 한 끼를 때워야 하나

재래시장에서도 모습을 감추는
손맛 절은 어머니의 맛
자글자글한 어머니의 냄새

*김종삼의 「장편 2」에서.

단수여권

1

하루 한 번뿐인 마산–진주 간 통학열차
첫차의 바퀴소리가 힘차다

열차는 진성터널을 빠져나오면서
길게 소리를 내지른다
지네발 걸음들이 열차와 경주를 한다

이정표뿐인 갈촌역
열차는 손을 흔드는 대신 탄가루를 뿌려주며
하갈촌 모퉁이를 꽥 소리 한번 질러주고 돌아간다
바쁜 마음들을 태운 열차

2

어제는 구름 마차로 하늘을 날고
초원을 가로지르고 사막을 횡단하다가
마른강을 만나고 설산을 넘었다

오늘은 멈추지 않는 일방열차를 타고

뒤뚱거리는 중심을 끌고
삐거덕거리는 관절을 추스르며 언덕을 오른다

진득이 달려온 한 번뿐인 여행
(이제 좀 천천히 가자)
귀먹은 열차는 종착역 다 왔다고
어서 내릴 준비를 서두르라고
머지않아 큰 소리를 길게 질러댈 것이다

십자十字

종탑 끝 십자는 사랑으로 붉고
병원 옥상 십자는 희망에 푸르다

어느 삶에는
초점이 되고 과녁이 되는
어느 사랑에는
만남이 되고 이별이 되는

한 곳으로 모이면
빛이 되고 약속이 되는
흩어지면
어둠이 되고 이정표가 된다

십자로에는 종일
빨강 노랑 초록의 눈이 깜빡깜빡
거리를 지키고 있다

늦은 밤
불빛이 빨주노초파남보로 섞이면

종탑 끝의 붉은 십자는
더 붉어져서
두 손을 가슴에 모은다

눈이 와서

20년 2월 17일 눈이 온다
무슨 일이나 생긴 것처럼
창밖에 와서 펑펑 운다

강아지는 사립 밖으로 뛰쳐나가고
아이는 마당에 그리는 제 발자국에 쫓기다 넘어지고
나는 달아나는 생각을 붙잡지 않고

어제까지도 오지 않았는데
입춘을 지나서
어떤 변명을 하려고 온다

세상사 못 잊어 하니
다 덮으라고
온 천지에 하얗게 온다

몇 날 며칠이고 눈이 와서
피신 온 산토끼 눈이 빨개지고
네 눈이 까매지고

내 머리는 하해져서

여우소리도 내려왔다는
그 옛날 속으로 푹푹 빠져든다

아버지

막내아들이 올 때쯤이면
아버지는
하루에 두 번 다니는 버스를
종일 기다렸습니다

아들이 돌아갈 때
아버지는
버스가 신작로 모퉁이를 돌아
사라져도 계속 보고 있었습니다

아버지가 서 있었던
그 자리에 나도 서 보았습니다

어린 아들이 입대하던 날에
딸이 신혼집을 차려놓고 떠나던 때에

오늘 아이들이 놀다간 빈자리를
한참이나 우두커니 내려다 봅니다

두 어머니

너무 오래 살아 미안하다는
어느 시인의 어머니 시를 읽다가

너무 일찍 가서 미안하다고 했을
나아주신 한 분 어머니의 나이를 생각하고
생전에 남들처럼 불러보지 못한
길러주신 한 분 어머니의 호칭을 생각한다

아버지 양 옆에 나란히 잠드신
두 분 귀에 대고
어머니! 어머니! 불러도
가늘게 떨고 지나가는 바람 소리뿐

지금 가장 서러운 것은
불러도
불러도
어머니의 응답이 없는 것이다

나이테

제 나이는 셈하지 않으면서
한 해 한 획을 그어놓는다

둥그렇지 못한 등고선의 이유는
말하지 않아도

점점 박혀있는 나이테의 옹이는
아린 날 몰래 써 두었던 메모

무늬 같은 건 오래전에 지웠다는
고단해서 결이 더 아름다워졌다는

제 몸에 숭숭 바람이 들락거리면서
한 나이테의 구멍을 메꾸는 한 나이테

그래, 고생했어요, 당신
함께 살아주느라고.

유품

신지 않고 아끼던 구두
마루 밑에 나란히 햇볕을 쬐고 있다

담벼락에 기댄 괭이 삽 쇠스랑
붉은 녹물을 흘리고

논두렁 밭두렁 따라 다니던 백구
마당가에 매여 대문 한쪽을 가만히 바라보고 있다

화장장 굴뚝 위 잠시 머물다
허연 하늘 속으로 날아가는 나비 한 마리
테 없는 웃음 사라지는 미소

큰 형이 먼 여행에서 돌아오지 않아도
함께 한 시간들은 떠날 줄을 모른다

오래된 편지

초등학교를 갓 마친 둘째 형
어느 봄 동네 큰 형들을 따라 집단가출을 했다
동네 형들은 이내 돌아왔으나
형은 몇 번의 봄이 지나도 돌아오지 않았다
새벽 기차를 타고 도시로 떠났다는 형의 소문이 희미해질
무렵 편지 한 장이 조용히 도착했다
그 날부터 온 집안이 환해지고 어른들은 치성을 드리거나
용하다는 점집을 찾지 않았다
아버지가 돌아가신 뒤 유품 속에서 나온
좀먹은 편지 한 장
무사하다는, 할아버지 아버님께 용서를 빈다는,
가족 하나하나 안부를 묻는,
또박또박 눌러 쓴 형의 편지
내가 다 큰 어느 해 누나는 혼잣말로
형이 팔이 긴 것은
어머니를 갑자기 여읜 너를 업어주느라 그런 거라고
(가출도 그 때문이라는 말은 하지 않았다)
내가 간직하고 있는
4292.1.15자 소인이 찍힌 그 편지

말티재

진주로 가는 외딴 삼십 리 고갯길

안개는 바짓가랑이 물고 새벽 통학길 따라나서고
저녁별은 집 앞까지 따라오며 말을 걸어 주었네

둑 아래 볕바른 보리이랑
노란 물 들 즈음
아버지 쌈지는 담뱃가루 냄새만 가득하고
외상으로 들여놓은 요소비료 되팔아
아들 손에 월사금 쥐어주었네

쇠똥 개똥 더 모으면 되지…

가파른 고갯길 가뿐히 넘어가는 점 하나
따라가는 아버지 눈에
때 아닌 눈물이 그렁그렁

인적이 끊긴 길 산으로 돌아가고
그 긴 봄 아는 말티재 혼자 남아있네

무사한 나날

2020년 4월 4일(일) 맑음
6시 기상
아침, 운동장 트랙을 2번 돌았다
운동기구들이 무슨 죄목인지 노란 테이프로 꽁꽁 묶여
있다

조간 읽고, 아침 먹고
점심 먹고, 간간이 TV 보고, 뇌 방전이 되어 눈 감고
간간히 걸려오는 070의 기계음 친절히 들어주고
저녁 먹고, 인터넷 검색하고
22시 취침

요즘은 날자와 요일, 날씨는 정해져 있고
기상, 아침운동, 취침은 궤도를 벗어나지 않았고
하루는 세끼만큼 정확했다

미리 프린트로 찍어놓아도
○, △, ×로 표기해도 되겠다는
숨을 쉬지 않아도 괜찮겠다는 날들

비가 오는 날은
집에 있어도 휴일처럼 편해지는
3/3이 빈칸인 새로운 것 하나 없는
무사한 나날

오늘도 어제처럼 해가 뜨고
어제처럼 졌다
기계처럼

| 해설 |

꽃잎에 손끝이 닿았을 때와 옆자리 남과
어깨를 대고 앉았을 때

— 마음의 세계와 현실 세계의 교합

박동규 문학평론가, 서울대 명예교수

꽃잎에 손끝이 닿았을 때와 옆자리 남과 어깨를 대고 앉았을 때
— 마음의 세계와 현실 세계의 교합

박동규 문학평론가, 서울대 명예교수

하갑문 시인은 말이 적은 편이다. 만나서 내가 몇 마디 묻기 전에는 먼저 말을 걸어온 기억이 없다. 그렇다고 무뚝뚝하거나 사람을 가리는 것은 아니다. 사람들과 거리감을 두지 않고 두루 친밀하게 지내는 것을 본다. 그가 시집을 발간한다고 해설을 나에게 부탁했다. 몇 번을 통독하며 그의 시가 보여주는 시세계를 찾아보았다. 그러는 동안 그가 자아와 사물과의 관계를 마치 '텅 비었니 가득찼니' 하고 아리송한 제목을 붙여 놓았듯이 시간과 공간의 개념을 적절하게 엮어서 삶의 명징한 의미체를 드러내려고 하는 것이라 보여졌다. 어찌 보면 시를 쓰면서도 그가 마음속에 사물의 감촉을 분해하여 다시 형상화하는 시간을 가질 때 '시간과 공간'의 적절한 배합을 가져오려고 고뇌하는 것처럼 선명한 자아의식의 발현을 꿈꾸고 이를 그려내는 것이 아닌가 생각된다.

하갑문 시인의 '시인의 말'에서 밝히고 있듯이 '겨울동안 무엇을 쓰고 싶었을까 누가 왔나 살며시 내다보다 봄비에 들키고 말았다'는 뜻은 바로 그의 시적 모티베이션이 어디에서 일어나는가를 말해주는 것이 된다. 즉 봄비에게 들키듯이 사물이 그의 가슴에 전해지는 진동을 느낄 때 시가 된다는 것이다. 이는 그의 감각적 촉수가 언제나 내재적(內在的)인 정서와 결합할 때를 말하는 것이기도 하다. 그러기에 그의 시집에는 다양한 관점의 시들이 모여 있다. 이 다양한 관점은 바로 그가 내재적 정서와의 결합에 자유로운 유영(遊泳)을 가능하게 한 것이라 하겠다.

1. 일상에서 얻는 마음의 움직임과 언어의 교합

하갑문 시인은 웬일인지 말하기 전에 얼굴이 붉어진 소년처럼 그렇게 사물과의 교섭을 하고 있다. 그가 적극적으로 손을 내밀어 소재를 붙잡는 것이 아니라 붙잡혀져서 풀려나오는 과정을 가진 것처럼 사물을 조심스럽게 접근한다. 이는 그가 영감의 황홀한 유혹에 쉽게 함몰되거나 이념에 맹종하거나 하는 그런 유형의 시적 구상을 하지 않고 있다는 것이 그의 시를 대해 보면 먼저 가지게 된다. 다음 시를 보자.

건물 모퉁이를 도는데 불쑥 내미는 전단지에 나를 끼워드려요, 다줄듯 진한 웃음에 그만 턱석 받고 말았다

오피스텔 분양 광고지, 사방을 둘러보아도 말끔한 거리, 손에 꾸겨

쥐고 정류장 의자 먼지를 털고, 해 가리개도 하고, 더위에 부채질도
하다가 차 기다리는 시간에 펴서 꼼꼼히 읽는다

이 전단지 한 장으로 구깃구깃한 생이 네모반듯하게 주름을 펴게
된다는 과장법과 긍정이 미래완료형으로 부유하는 전단지의 화법

잠시 밑졌다는 계산에 꾸겨서 버릴 뻔했던 전단지
'세상에 공짜는 없다'는 공허한 말이
현재완료형으로 내 손에 꼬옥 쥐어졌다

—「전단지 화법」(전문)

이 시는 길거리에서 흔히 만나는 사건을 바탕으로 한다. 길에
가다가 억지로 쥐어주는 전단지를 받고 버스정류장에서 꼼꼼히
읽게 되고 그다음 마음에 남는 자신의 생각이 담겨 있다. 이 시는
간명하다. 그가 제시한 '세상에는 공짜가 없다'는 교훈이다. 그러
나 이 시에서 시인은 교훈을 말하려하는 것이 아니다. 그가 전단
지를 받게 될 때 '다 줄 듯한 웃음'에 담겨진 유혹의 의미이다. 그
는 웅혼한 사상의 깨달음을 가져오는 정신적 지혜의 발견이라든
가 고난의 길에서 얻는 성찰의 깨달음도 아니다. 아무 의미도 없
이 더위에 부채로 사용하며 기다리다 꼼꼼히 읽어보며 잠시 '구
깃구깃한 생'을 '네모반듯하게 주름을 펴게' 하여 부유하는 꿈속
에 빠져들게 되었다는 사실이다. 그렇지만 시인은 영리해서 '잠
시 밑졌다는 계산'에 후회한다는 하지만 그런 뜻도 아니다. 잠시
먼지처럼 부유했던 욕망과 좌절의 굴곡을 손에 꼭 쥐어보는 한

인간의 감정적 변화를 찾아낸 것이다. 실제 속에 감추어진 인간의 허망한 이기주의적 인간성을 감각의 형상으로 그려낸 것이다. 바로 이 점에서 하갑문 시인이 지닌 그만의 시적 기법을 만나게 된다. 이에서 시인은 그만의 위트 있는 언어의 배열로 시인의 치밀한 주제로의 접근을 보여준다. 다음 시에서 보자.

산수유 망울 터질 무렵이면
짚을 수도 없게 여기 저기 가렴증이 도진다
심장이나 횡경막
대뇌의 주름 사이를 어찌 긁겠어
환장하는 거지

알음알음 봄을 타는 자들이 몰려들어
막 문을 연 전통주점 문을 벌컥 열어젖히며
둘러앉아 하는 얘기라곤
봄 타는 얘기뿐

먼 데로 가고
먼 데서 오는 사람들을 맞느라 바쁜
산수유정류장
구석에 눅눅히 쌓여 있다가
인생 하나씩의 엉덩이를 받쳐주는 방석만 말이 없다

불콰해진 얼굴에 새로 돋는 가렴증이

심장이나 횡경막
대뇌의 마른 늪에서 꼬물거리던 가렴증을 포맷하는

가는 것도 오는 것도
낮술에 걸려 서성대는
바람 부는 봄날

— 「낮술」(전문)

　이 시는 산수유가 터질 무렵의 계절을 노래하고 있다. 이 시의
화자는 '가렴증 환자'이다. 이 가렴증은 질병이라고 할 수 없다.
가슴에서 일어나는 변화의 한 증세이다. 이는 '산수유가 터질 무
렵'이라는 시간적 특성을 설정하고 있다. 흔히 봄을 탄다고들 한
다. 이 증세의 화자적 표현이다. 옛날에 봄이 오면 마음이 싱숭생
숭해서 명동이나 충무로 근처를 헤매며 마음에 알 수 없는 그리
움 같은 것에 목말라 한 적이 있다. 이 알 수 없다는 말은 애매한
표현이지만 봄이 주는 생동감 속에 살아있음의 환희를 일깨워주
는 사랑에 대한 욕망을 의미하는 것일 수 있었다. 그래서 이 욕망
의 갈구가 심중의 가렴증으로 살아나는 병 증세라 할 것이다. 이
시는 낮술에 걸려 서성대는 이의 심정 안에 끓고 있는 가렴증의
증세를 시인은 창조했지만 시인이 느끼는 봄날의 하루를 형상화
한 것이다. 이 시에서도 앞의 '전단지 화법'처럼 '바람 부는 봄
날'에 겪는 '가렴증' 증세일 뿐이다. 시인은 꼭 집어 가렴증의 원
인을 밝히지 않고 있다. 봄날이 가져온 마음의 한 변화를 그려낼
뿐이다. 시인은 아마 봄을 탄다는 말로 얇은 커텐을 치고 있을 뿐

이다. 시인은 밝히기가 싫었는지 모른다. 혹은 부끄러웠는지 모른다. 나는 그가 싫기보다는 부끄러웠지 않나 생각한다. 그에게는 봄날을 술로 풀 수밖에 없는 날들이었기 때문이라 봄이 온다고 해도 겨우 낮술에 의지하여 달랠 수밖에 없었던 청년기의 젊음이었고 그러기에 그는 삶의 무게 안에 갇혀 있어야 했던 것이라 볼 수 있다. 이 시는 애매한 봄날의 마음에 이는 가렴증처럼 시적 표현에 담긴 내포가 바로 하 시인의 개성임을 말해주는 것이다.

2. 현장적 삶과 본질적 생명의 굴레

그의 시에서 또 한 가지 독특한 것은 현장성(現場性)을 보여주고 있다는 점이다. 이 현장성은 그의 시를 싱싱한 꽃처럼 피어 있는 듯한 상상의 화려한 개화의 연결고리인 밧줄이 되는 것이다. 이 밧줄은 오늘 살아있음의 눈으로 사물을 소재로 만들어내는 방법이면서도 마음에 잡힌 한 순간의 사물이 지닌 진실에 대한 가치의 영속함을 바라고 있는 것이라 생각한다. 이 진실이라는 것은 시에서 시가 존재하는 이유가 되는 것이다. 이 존재이유는 마음에서 인간만이 창조할 수 있는 스스로의 깨달음인 동시에 인간다움의 형상이라고 할 것이다. 다음의 시를 보자.

돌부리도 솟아있고
늪도 있고

샛강도 있네

갈 길이 멀어도
샛강은 자꾸 사람의 일을 받아 적고
늦은 쉬어가라 하네

우듬지 황지에 손을 담그고
낙동강 천오백 리 길을 오십 년이나 걸어서 가네
만나기 위해
바다로 가네

어느 하구에서 찬란히 지는 노을을 만나게 될까
오래 전 떠내려간 신발 한 짝
아직도 눈 내린 갈대밭 어귀에 떠 있을까

물은 거슬러 돌아갈 수 없어
바다에 이르기까지
길을 묻고 길을 내면서 길을 가네

— 「물의 길에는」(전문)

물이 땅에서 솟아나서 바다에 이르기까지의 과정을 노래하고
있다. 너무 단순한 줄거리이다. 그러나 이 단순화된 줄거리 안에
서 시인은 물의 흐름과 삶의 유동을 겹쳐서 보여주고 싶어 한다.
왜 이런 시를 쓸까. 그는 시간에 따라 바다로 흘러들어가는 물의

흐름에서 그가 본 삶의 조각인 상징적 의미를 이 물 위에 뜬 종이
배처럼 흘러가며 부딪치는 사연들을 그려보고 싶었던 것이라고
할 수도 있다. 이런 시각에서 이 시는 삶의 유전(流轉)을 현장성
있게 그려낸 것이라 보여진다. 우듬지 황지가 있다. 그리고 이를
지나면 돌부리와 늪과 샛강이 있다. 그리고 하구가 있다. 낙동강
의 시원인 황지에서 물이 모여서 낙동강 천 오백 리를 흘러 하구
에 도달한다. 시인이 이 물길을 따라가며 만나는 것은 샛강에서
는 사람의 일을 받아 적기도 늪에서는 쉬어가라고 잡히기도 한
다. 그러면서도 바다를 만나기 위해 바다로 간다. 하구에서 찬란
히 지는 노을을 볼 수 있을까, 오래전 떠내려간 신발 한 짝이 눈
내린 갈대밭 어귀에 떠 있을까 하고 찾아간다. 물이 바다로 찾아
나아가는 길은 시인의 길이다. 즉 '길을 묻고 길을 내면서 길을'
달려간 시인의 길이기도 하다. 이 시에서 가장 명확한 암시의 표
적은 노을과 신발 한 짝이다. 그런데도 시인의 길을 물과 섞어 놓
고 있다. 이 시인에게 있어서 물과 인간의 삶의 행로는 세월이라
는 공유적 숙명에 묶여져 있다. 그렇지만 시인은 그가 만나는 삶
의 현장이라는 개별성을 지니고 생명의 의미를 확장하고 있는 것
이다. 시인의 눈은 그가 바라보는 시선에 따라 마치 한 컷의 사진
처럼 의미체의 상징이 되는 것이다. 다음 시를 보자.

쌈지공원에 묵묵히 서 있던 돌
누가 머리에 돌을 얹어
탑이 되었다

탑이 된 뒤부터
표정을 짓고
바람이 스쳐도 새가 날아와도
안달이 났다

아득한 풍화의 시간
안으로 새긴 돌의 이야기를
지우고

더 높아지고 싶어
코를 세우고 모자를 쓰고
속을 비웠다

표정을 가진 뒤부터
날이 흐리면 따라 슬퍼지고
비가 오면 눈물이 흘렀다

　　　　　　　　　　　　　　　　—「탑이 되고 나서」(전문)

　이 시는 탑에 투사(投射)된 자아의 형상이 중심적 문제이다. 돌을 재료로 세워진 탑은 돌 위에 머리를 얹어서 탑이 된다. 돌이 탑으로 변하면서부터 돌이 지닌 본래적 속성을 지워나가게 된다. 탑에 인간의 형상이 입혀지고 표정이 담겨진다. 시인은 어쩌면 그가 한 인간으로 세상에 태어나서 성장의 길에서 세속화나 우리가 흔히 말하는 철이 들어갈수록 변하게 되는 것을 말하고 싶었다고 보여진다. 시인의 투사형식은 '더 높아지고 싶어' 하는 인간의 욕망에 대한 허무감 아니면 속화(俗化)에 대한 연민이 감정의 깊은 곳에 담겨 있어서 '속을 비우고' '슬퍼지고' '눈물을 흘린' 것이 아닌가 생각된다. 따라서 하 시인은 돌이 가진 근원적 가치를 지우고 세속에 묻혀 살아가게 되는 탑을 그려낸 것이라고 보여진다. 앞의 시 「물의 길에는」에서 보여준 인간과 물과의 조합처럼 탑과 인간의 조합이 신비스러울 정도로 오묘하게 결합되어 있는 것이다. 왜 그는 인간에 대한 접근을 이 우회적 사물과의 접합에서 찾으려 했을까 하는 의문이 드는 것은 하 시인의 의식의 심연에 가라앉아 있는 존재에 대한 회의적 시각 때문이 아닐까 생각한다. 즉 살아가는 동안 참다운 인간상이 탑처럼 변형되어가고 있다는 점 때문이리라.

3. 살아있음과 살아감

하 시인은 정이 있는 시인이다. 그의 시에는 극단적인 갈등보다는 엉켜서 살아가는 사람들의 인간미가 배어있다. 서정시의 본질이라고 할 감동의 힘은 인간에 대한 감성적 정서가 흘러나와 감성에 자극하는 것인데 그 본질은 진실한 삶의 세계에서 찾아내어 잘 조탁(彫琢)해서 시에 담는데 있다. 「칡과 등나무」는 이런 그의 시이다.

나는 왼쪽으로

너는 오른쪽으로
나는 끌어안고 너는 밀어내고

서로 감고 서로 안았으니
포옹일까
질투일까

내 앞다리와 네 뒷다리가
서로 버티어 온전한 한 벌이 되었으니
사랑일까
운명일까

각자의 촉수가 앞서거니 뒤서거니 하는
이인삼각의 엇박자
삶의 에너지일까

둘이 꼬여서 하나로 단단해지는
연리지
뜨거운 사랑의 증오

―「칡과 등나무」(전문)

칡과 등나무의 엉킴은 갈등의 유형이다. 그러나 이 시는 낡은 갈등의 의미를 제거하고 서로 포옹하는 새로운 조화로운 삶을 창조하고 있다. 시인은 화자로 나와 너를 선택하고 있다. '나는 왼쪽' '너는 오른쪽'이라고 하면 얼핏 좌우로 갈라선 이념적 대립을 연상한다. 그러나 이 대립은 하나를 서로 감고 안고 있다. 즉 삶의 공동성을 함께 엉켜있음을 보여준다. 그러기에 이는 서로 버텨서 '온전한 한 벌'이 된 것이라 본다. 이는 서로를 배척하고 독립된 분리된 위상을 가지는 것 보다는 '둘이 꼬여서 하나로 단단해지는' 협력의 바리에 놓인다. 이 협력은 시인의 표현처럼 '뜨거운 사랑의 증오'로 보는 것이다. 이 시는 갈등이라는 것은 투쟁이기보다는 뜨거운 사랑의 나무에 피는 증오라고 하는 것이다. 서로 미워하면서 혹은 사랑하면서 세상에 던져져 함께 살아간다는 것은 사랑이 바탕이 되어야 한다는 점을 은유적으로 드러내 보여주고 싶어 하는 시인의 뜻은 시로 그려보는 갈등이라는 칡과 등나무의 관계에 대한 사랑의 처방인 것이다. 다음 시를 보자.

텅 비었니
가득 찼니

나는 물었습니다
그는 바람을 봅니다

온통 세상은 잿빛 언덕
꽃 한 송이 밀려날 데 없습니다

알고 보면 우리는 바람의 자식
소멸은 또 하나의 완성입니다

치솟고 뒹굴다가
빈자리 하나 만들어 놓고
바람은 달려갑니다

떠난 자리에
동그마니
그의 대답이 남아있습니다

—「바람」(전문)

이 시는 바람에 대한 양면성(兩面性)을 소재로 하고 있다. 이 양면성은 바람의 속성이긴 하지만 그러나 바람은 모든 공간과 시간에 존재하는 공기의 유동일 뿐이다. 이 유동은 비어 있는 곳이나 가득 차 있는 곳이 나를 혼돈에 빠뜨려서 바람의 흔적 하나 남겨놓고 달려가 버린다. 시인은 마치 선문답을 하듯 바람이 만들어 놓은 동그마니를 바람이 살다간 자리라고 대답한다. 이 시를 원격적 시각으로 바라보자. 화자인 '나'는 지나가는 바람의 자식처럼 긴 시간 속에 한 순간 살았다가 날아가 버리고 만다. 잿빛 세상에 피어난 꽃 한 송이처럼 살아있을 뿐이다. 이는 결국 종말은 소멸이라는 과정으로 귀착하고 이를 완성이라고 말할 수 있을 것이다. 이 소멸의 흔적은 바람이 지나간 자리인 것처럼 동그랗게 남는 것이다. 시인은 아마 생명의 소멸과 바람을 한 울타리에 놓고 바라보고 있는 것이다. 이는 시인이 인간과 사물의 접합을 가져오는 방법임을 다시 떠올릴 수 있을 것이다.

4. 삶의 행로에 집어 든 낙수(落穗)

하갑문 시인은 길을 가다가도 전철을 타고도 심지어 사람들 틈에서도 마치 땅에 떨어진 지갑을 줍듯이 소재를 건져 올린다. 뿐만 아니라 이 소재를 하나의 의미체로 돌돌 감아 그의 삶 의식을 담는 그릇을 만든다. 왜 웅혼한 시적 성취를 가지고 자아와 사물의 긴장관계를 유지하며 씨름하는 그런 시작정신이 보이지 않을까 하는 생각이 들었다. 그런데 이런 생각은 쉽게 풀렸다. 그는 확장된 사고의 세계보다는 극명하게 잡혀지는 진실에 대해 더 관심을 쏟고 있는 것이었다. 즉 순간 그의 가슴을 흔드는 미세한 움직임을 잡아 올리는 감수성의 탁월함을 그는 가지고 있기 때문이었다. 길에서 길을 잃고 울고 있는 아이를 지나가며 흘끗 한번 쳐다보았지만 그 아이의 눈에 매달렸던 눈물방울을 집에 돌아와 늦은 밤 홀로 생각하는 그런 감수성을 가지고 있는 것이다. 이는 삶의 긴 행로에서 어쩌다 마주한 참다운 진실의 순간을 마치 노트에 메모하듯이 기억하고 있다는 말도 된다. 그러기에 그의 시에는 일관 사상의 관념이 자리하기보다는 잘 익은 위트(wit)의 속 깊은 진실이 있다고 할 것이다. 다음의 시를 보자.

1
오래된 명함첩에서
90×50 규격으로 박제된
인격을 만난다
…(중략)…

2
옛 명함이 기념우표처럼 남아 있는데
맞잡은 손을 놓지 않고 힘주어 흔드는
친구의 산 명함을 받고
이름과 전화번호뿐인 문패명함을 새겼다

수줍음이 많아
안주머니 속에서 꼼지락거리기만 하는
바깥출입을 어려워하는 백수명함
여백의 미 하나 누구보다 출중하다

— 「명함 소고」에서

이 시는 흔히 사람을 만나 서로 명함을 주고받는 일상의 일이
그려져 있다. 그러나 친구가 건네는 명함을 받고 백수가 되어버
린 자신도 명함을 새겼지만 안주머니에 든 명함을 꺼내지 못하고
망설이는 그 주저함을 보여준다. 물론 '바깥출입을 어려워하는
백수'가 되었기에 지난날 직장에 다닐 때의 명함은 이미 손에서
벗어난 것이다. 그러나 시인은 백수명함이 지닌 여백이라는 빈
공간 속에 살아오면서 이룩한 삶에 대한 지존이 '출중'하다는 뜻
으로 그려진다. 이 '명함'에서 주목해 볼 점은 한 인간의 삶이 사
회적 존재로서의 위상과 본질적 존재로서의 가치가 서로 다른 것
이다. 그러면서도 직장생활을 하다 은퇴하고 나면 함께 살아가며
만나던 이들과는 '먼 나라의 별'이 된 듯이 인간관계가 푸석하게
말라가는 것을 보면서 수줍어하며 마음의 공허와 인간관계의 무

상을 자위하면서 자아의 존재를 여백의 공간에서 찾아내고 있는
시인의 마음을 알 수 있다. 살아가면서 겪게 되는 체험의 뒷면에
그려져 있는 보이지 않는 것들이다. 다음 시를 보자.

신지 않고 아끼던 구두
마루 밑에 나란히 햇볕을 쬐고 있다

담벼락에 기댄 괭이 삽 쇠스랑
붉은 녹물을 흘리고

논두렁 밭두렁 따라 다니던 백구
마당가에 매여 대문 한쪽을 가만히 바라보고 있다

화장장 굴뚝 위 잠시 머물다
허연 하늘 속으로 날아가는 나비 한 마리
테 없는 웃음 사라지는 미소

큰 형이 먼 여행에서 돌아오지 않아도
함께 한 시간들은 떠날 줄을 모른다

— 「유품」(전문)

시인은 마루 밑에 나란히 있는 구두를 본다. 그리고 담벼락에
기댄 괭이 삽 쇠스랑이 붉은 녹물을 흘리고 있는 것을 본다. 시인
은 형이 남기고 간 유품을 보고 있다. 그리고 논이나 밭에 다니던

백구가 마당가에서 대문 한쪽을 보고 있음을 본다. 그리고 기억의 회로를 타고 형이 화장장 연기로 하늘에 올라가고 그 하늘에 나비를 보았던 기억을 찾아낸다. 이 나비는 아마 형의 미소를 지니고 있다. 이 시의 구조는 사물을 통해 형을 만나게 하고 형과 함께 한 시간의 아쉬움을 그리고 있다. 시인은 회고의 형식을 채용하고 있지만 이 회고는 형의 유품을 통해서 얻은 기억의 편린들을 서정적 감성의 색깔로 도장(塗裝)하여 시적 상상을 극화하고 있다. 나비의 내포는 시인의 심성에서 피어난 절절한 그리움의 한 가닥이라고 할 것이다. 하 시인에게 있어서 살아가는 동안 부딪친 체험은 비록 그에게 도장을 새겨 가슴에 남겨 놓았지만 이를 마치 물방울이 처마에서 흘러내려 돌을 깎아낸 흔적으로 형상화하는 것이 그의 개성이라고 할 것이다.

하갑문 시인의 시편들을 보면서 그는 아직도 그가 어린 날부터 익혀온 삶의 자리를 가슴 깊은 곳에 묻어두고 살아간다는 느낌을 받았다. 그는 도시로 나와 살지만 도시인이라기보다는 그의 고향에서 살아가고 있는 듯한 감성을 보여주고 있다. 이는 그가 여행기를 시로 쓴 여러 편의 시를 대하면서도 그가 여행지의 역사나 문화를 시의 골격으로 삼고 있지만 이 골격의 구조는 항상 그의 가슴에 담겨진 고향울타리의 아름다운 삶의 인간다움을 그리워하고 있는 듯한 인상을 받았다. 즉 정서의 바탕이 되는 자연의 숨소리나 풍물에 대한 정감어린 접근이 그것이다. 이제 그의 시에서 혈연에 관한 시편들을 보자.

초등학교를 갓 마친 둘째 형

어느 봄 동네 큰 형들을 따라 집단가출을 했다

동네 형들은 이내 돌아왔으나

형은 몇 번의 봄이 지나도 돌아오지 않았다

새벽 기차를 타고 도시로 떠났다는 형의 소문이 희미해질 무렵 편
지 한 장이 조용히 도착했다

그 날부터 온 집안이 환해지고 어른들은 치성을 드리거나 용하다는
점집을 찾지 않았다

아버지가 돌아가신 뒤 유품 속에서 나온

좀먹은 편지 한 장

무사하다는, 할아버지 아버님께 용서를 빈다는,

가족 하나하나 안부를 묻는,

또박또박 눌러 쓴 형의 편지

내가 다 큰 어느 해 누나는 혼잣말로

형이 팔이 긴 것은

어머니를 갑자기 여읜 너를 업어주느라 그런 거라고

(가출도 그 때문이라는 말은 하지 않았다)

내가 간직하고 있는

4292.1.15자 소인이 찍힌 그 편지

— 「오래된 편지」(전문)

이 시를 읽는 동안 하갑문 시인이 시를 가슴에 품고 살아온 먼
길을 보는 듯해서 시에 대한 정밀한 의미보다는 하 시인의 가슴
에 옹이처럼 박혀진 그의 생명에 대한 인식을 느끼게 된다. 마치
내가 병으로 돌아가신 젊은 나이의 삼촌을 기억하면서 애절한 삶

을 웅장한 비극처럼 가슴에 간직하고 마치 내 생명의 밤에 떠오르는 별이 되어 나에게로 돌아가는 밤이면 창밖 멀리 보이듯이 하 시인은 그의 존재에 대한 근원적 의미체 안에 들어있는 한 요소라고 생각하는 듯 보인다.

이 시에서 시인이 어렸을 때 형이 동네 형들과 어울려 가출을 한다. 그리고 시인이 성장한 후 오래된 형의 이야기를 누나를 통해서 듣게 된다. 누나는 형이 동생인 나를 업어주느라고 팔이 길었다고 한다. 그리고 그 편지를 형에게 돌려주지 못하고 있는 것이다. 이 시의 내용은 간명하다. 누나가 말해준 형의 팔이 길었다는 사연이다. 시인은 형의 가출로 생긴 형의 이별은 그를 업어주느라고 길어졌다는 누나의 말에 매달려 그의 가슴에 화인(火印)으로 남아 있다. 아무리 오래된 상처가 아물어도 드러난 살갗 위에 희미한 그물처럼 남아 있는 흔적처럼 시인에게는 '팔이 길어진' 형에게 고맙다는 말 한마디를 전하지 못하는 미안함은 살아있는 것이다. 누나가 전한 '길어진 팔'은 누나가 만든 상상의 표적인지 모른다. 그러나 이 표적은 하 시인에게 있어서는 형을 향한 그리움의 원형이면서 그의 모든 시의 원류로 작동하고 있다. 그러기에 하갑문 시인의 시에는 그가 바라는 삶의 꿈이 마치 고향에서 보낸 세월을 그려내고 그 그림 속에 그의 마음을 담아내려는 것이라 보여진다.

끝으로 하 시인은 서정을 정통으로 하는 한국시의 중심에 자리하고 있다. 그러면서도 그는 공간의 현장성이나 시간의 역사성을 배합하여 서정성이 가지는 공허한 감상을 벗어나 있다. 이런 점에서 하갑문 시인의 개별성이 돋보인다고 할 수 있다. 특히 그의 시에 등장하는 화자인 '나'의 골격은 정이 많은 인간형이며 이는 오늘의 현실에 던져진 한 인간으로서 정형적 삶의 정신을 찾아가려는 의지를 감추고 있다. 이 삶의 정형을 찾아가고자 하는 의지를 안으로 감추고 있다. 그는 늦게 등장한 시인이다. 그러나 그의 천성은 예리한 감성을 예리하게 다듬고 살아오며 의식의 심연(深淵)에 가라앉은 참다운 인간의 따뜻한 본질을 끌어올려 마치 나부끼는 한 여름날의 싱싱한 나뭇잎처럼 키워왔다. 이제 그의 첫 시집에는 많은 그의 지나간 세월이 그려져 있다. 그리고 그의 삶의 행로도 묻어있다. 이 과정을 통해 그가 버릴 수 없는 순박한 사람들의 맑은 정신과 말로 하지 못하고 살아온 삶의 빛나는 감동의 꽃들을 꽃밭처럼 피워놓았다. 하갑문 시인은 앞으로 보다 서정적 감성의 폭을 넓혀 고향과 오늘의 자리와의 연결을 치밀하게 엮어나갈 것을 기대한다. 첫 시집을 축하한다. ✴

텅 비었니 가득 찼니

1쇄 발행일 | 2022년 01월 20일

지은이 | 하갑문
펴낸이 | 윤영수
펴낸곳 | 문학나무
편집 기획 | 03085 서울 종로구 동숭4나길 28-1 예일하우스 301호
이메일 | mhnmoo@hanmail.net

출판등록 | 제312-2011-000064호 1991. 1. 5.
영업 마케팅부 | 전화 | 02-302-1250, 팩스 | 02-302-1251
ⓒ 하갑문, 2022

ISBN 979-11-5629-135-0 03810